浄玻璃の鏡
肌勢とみ子詩集
Hadase Tomiko

詩集　浄玻璃の鏡＊目次

Ⅰ　追憶

Ⅱ　祈り

Ⅲ　イマジン

Ⅳ　イン　ピース

詩集

浄玻璃の鏡

Ⅰ　追憶

冬の夜話

夜半から雪の予報が出ている
温もった夜具から抜け出して
戸を開けて見なければ外の様子はわからない
横になったまま
眠れない眼をしばたたかせながら
幽かな音に耳を澄ます

室内もかなり冷え込んでいるようだ
顔に当たる冷気に思わず夜具を引き上げた
温かい指で触れる頬や唇が

他人のもののように冷たくなっている
心はとっくに過去に属してしまって
もうここにはいない

他人の寝顔をしみじみ見つめた経験はないが
自分の寝顔を深く見つめられたことがあるらしい

貧しさに耐えかねた父が
万策尽きて一家心中を思い立ち
もはやこれまでと
子どもらの寝顔をじっと見ていたとき
眠っている筈のわたしが無心に笑ったのだという

窓の外がほのかに明るくなった
雪は音を消して降り続いているようだ

渇き

夜になってから親戚の家に連れていかれたわたしは
部屋の隅の暗がりにうずくまって
エッエッとしゃくりあげて泣いた
いつまでも執拗に続く泣き声が
大人たちの耳に届かないはずはないのに
誰ひとりこちらを振り向きもしない

囲炉裏を取り囲んだひとたちは
父と母の別れ話の調停をしていた
わたしにはどうでもいい話のようだった

わたしは喉が渇いていた
それを誰もわかってくれないことに苛立ち
仰向けにされたせみがもがくように
いつまでも焦れていた

その夜から母はいなくなった
わたしは幼すぎて
待つことも悲しむことも知らなかった

帰り道　誰と一緒に夜道を歩いたのだろうか
家に駆け込むなり　上がり框の前に立ったまま
アルミの急須の口から直に冷えた茶を飲み
小さなおくびを漏らしたわたしは
声をたてて笑った

バネ

林は続いていた
どこまでも続いていた
そこがわたしの永遠だった

わたしはうさぎ
傷つきやすい心と
泣きはらした赤い眼をもっていた
他にはなにもなかった
そしてすべてがあった
永遠の中に

私は十六歳
痩せたからだと
強いバネをもっていた
茨の茂みに遮られても
いくつもの切り株に躓いても
走り続けるバネをもっていた

たったひとりで
わたしは走り続けた
永遠と幸福は同じことだと
心のどこかで思っていたころ
風だけが仲間だった

クレヨン

図工の時間に
赤い森と黄色い川を描いたら
先生に褒められた
色使いがとても斬新だって

ほんとうのことを言うと
足りなかっただけ
—緑色と水色のクレヨンを貸して
と　友達に言えなかった
いつも借りてばかりだったから

まわりは森と川しかなかったから

先生に褒められたのは
瓢箪から駒だったのかも知れないけれど
それは逆に小さな痛みとなって
わたしの裡に傷痕を残した
できることなら大急ぎで引き返して
その小さな手に
二十四色のクレヨンを持たせてやりたい

数枚しか残っていない昔の写真の中に
母と二人で写っているのが一枚だけある
幼いわたしのうしろに立つ母の仕草を真似て
小さな肩に手を置いてみた
赤茶けたねこっ毛をかき分けて

耳元に唇を寄せて囁く
―新しいクレヨンを買ってあげる

前を見据えて立っている母とわたしは
ちょっと唇をとがらせて
はにかんだ顔が少し傾いている
昔からの癖で

再会

そうこうするうちに時は過ぎ去り
わたしはいっぱしの大人の顔をして
一家の主婦になっていった
生まれ故郷の掘っ立て小屋のような家を出てから
十年も経ないで
背中に幼子をくくりつけ
腕に赤ん坊を抱いて一日中駆けずり回っていた
財産と呼べそうなものは何もなかった

あったのは

圧倒的な若さだけ
ほかには　傾いた土地と
流し台の下が腐りかけた平屋の家と
ちゃっかりついてきたローンの返済
そして　今となっては信じ難いことだが
果てしない希望があった

始めの頃はゆっくりと回っていた時の輪は
いつしか軸が見えなくなり輪郭だけが忙しく回って
瞬く間にわたしを老境に追いやった

そういえば　あのころの溢れるほどの希望は
いつ　どこでなくしてしまったのだろう
遺失物預り所の棚の隅で埃を被ったまま
息をひそめて待ってくれているのだろうか

せりあがってくる高揚に不意打ちされて
胸の奥はやさしい温もりに包まれた

おかえり　無垢なわたしよ
今からでも間に合うかもしれない
もういちどやり直してみようか

絵地図

夜半過ぎに目がさめたあと
どうにも眠れなくなってしまったら
草色のワンピースを着た
その頃の自分を誘って
瞼の裡の絵地図の上に立ってみる

それは一本の道から始まる
儚げな線で描かれた道が忽然と消えたあとに
前触れもなく渓谷が現れ　大きく虹がかかる
等高線が密になっている辺りに

瑠璃色の水を湛えた池があったりするから
水が零れ落ちて
絵地図の余白を濡らしてしまわないかと
気をもみながら
小学校までの遠い道のりを歩き始める

田んぼの畦道をすたすた歩き
小川に渡された丸木橋をそろそろと渡る
藪をかき分けながらぐいぐい進むと
広々としたくさはらに出る
ハルリンドウやオキナ草の花を踏まないように
千鳥足になって歩き
竹藪の中の墓だけは走って通り抜ける

人家が途絶えていくらか広くなった道を

てくてく歩いてゆくと
単線を渡る踏切に辿りつく
型通りに首を左右に振ってゆっくり渡り終えると
いつものように校舎が見えてきた

—じゃあ　またね
ワンピースの裾を揺らして
私は夢の中に還る

母の手

パチンと見開いた瞼を覆う
濁った膜をもどかしく思いながら
意思をもたない母の顔を
長いことみていた
母の魂は遠くを彷徨っているようだ
もはやその視線の先にわたしはいないだろう

薄い毛布の下でしきりに手を動かそうとする気配に
毛布をめくってみて　その手の美しさに不意をつかれた
本当にこれが九十歳のひとの手なのだろうか

痛いほど白くほっそりとした指先
爪にはくっきりと半月が浮かび上がり
薄桃色のそれは椿の葉のように艶めいている

もの心ついてから初めてふれる母の手
もう二度とふれることはないだろう
再会と別れの挨拶を一度で済ますなんて
いかにも私たち母娘らしいと思う

七歳の時に別れたままの母に
一度だけ独りで会いに行ったことがあった
長い道のりを歩いていると靴の底が剥がれて
途中から裸足になって歩いた
なぜ会いに行ったかは思い出せないのに
会ってからの深い喪失感はいつまでも忘れられない

そのひとはイメージのなかの母ではなかった
母は幼いわたしに茶を淹れてもてなした
わたしはただの客に過ぎなかったのだと思った

父亡きあと
母と顔を合わせる機会が幾度かあったが
ありきたりの挨拶を交わしたあとは
互いに話の糸口がつかめなくて
無言のまま妙にざらついた気分で別れた
それでも母とはどこかで繫がっているのだろう
わたしの方から母を捨てることなんてあるはずもない

母が家を出てから数日たって
生家の裏の竹藪の方から
周りを憚るようにわたしの名を呼ぶ

母の細い声が何度も聞こえた
という話を誰かに聞いたときから
わたしは母の客ではなかったのだと信じている

千の事情

母が逝った
誰にもひと言も遺さずに
静かに九十三歳の生涯を閉じた

千人のひとがいれば
千の事情がある
そのことに気がついたのはいつのことだったたか
幼い四人の我が子をおいて母は家を出て行った
末っ子のわたしは七歳になったばかりだった

母に捨てられたこども
それが私の事情
この哀しい事情にわたしはずっと甘えて育った
これ以上の哀しい事情がこの世にあるはずがない
一途にそう信じて

我が子を手放して
他人のこどもを育てた母
それが母の事情
たぶん　この世でいちばん哀しい事情

自らの手で置き去りにした四人のこどもと
自らの手で育てあげたひとりのこどもに送られて
母は安らかに逝った

生涯のほとんどを日陰の身でおくった母の
欲張りで幸福な幕引きであった
いくつかの事情が母と共に葬られた

なみだつぼ

その本のタイトルも作者も失念したままだが
イメージだけは色濃く残っている
郷里の生家に独り住まいをしている主人公の姉から
―囲炉裏を閉じようと思うが異存はないか
という相談がくる所から話が始まる
　まだ　あのつぼはあるのだろうか
主人公は尋ねる
今は亡き母の面影を胸に宿しながら

母は囲炉裏の掃除が好きだった

一日に一度　炉辺の父を追い出して
丹念に囲炉裏の掃除をしていた
掃除が終わると　独り静かに座り
きれいに均された灰の上に
火箸で何やら書いては消しまた書いては消す

そんな母の姿を主人公は物陰から盗み見ていた
あるとき
俯いた母の鼻先をつたって
泪が落ちているのを目撃する

母が立ち去った後囲炉裏の中に
泪に濡れて変色した灰の塊があるのを
いくつも見つけた主人公は
様々な形をした塊をそっと掬って

そばにあったつぼの中に入れた

密かに　なみだつぼと名づけた
あのつぼがまだあるのなら
誰もいかないような寂しい渕に
そっと沈めてこよう
主人公がそう思うところで話は終わる

母との縁は薄かったわたしであったが
自身が子を持つ母の身となった
なかなか思い通りにいかないことばかりだが
なべて悪しきことの源は
自らの愚行にあるのだろう
背を曲げて座り　来し方を想う日々
膝の上に泪のしずくを受けながら

なみだつぼ　のことが浮かんだ
私が逝ったあとに残された者たちは
私の泪の痕を
どんなふうに葬ってくれるのだろう

涙の生い立ち

誕生日の前夜
「佐野洋子」のエッセイ『風が運ぶもの』を読んだあとに
わたしは泣いた

夏の夕方　林の中を歩いているとき
涼しくて優しい風が吹き抜けていった
いつも不機嫌で子どもを右に左に引き倒している母が
「ああ、お母さん幸せだわ」と言った
幸せが何であるかわからなかったが
母はいつも幸せではないのだと思った

佐野は書いている
　あのとき優しい風が吹き抜けなかったら
　母はけっして幸せを感じなかったのではないかと
　わたしは今も思う

そういうことなのだと激しく共感する
なれるものでも
してあげられるものでもなく
幸せは感じるものなのだから

取り返しのつかない大きな不幸に
家中が押しつぶされそうになっていても
朝になれば陽が差し込んでくる窓がある
カーテンの隙間から青い空が見えたとき

思わず笑みが漏れていたりする
そういうことのようだ

佐野はまた違う話の中で
生活のために苦労したこども時代のことを書いている

それが不幸な時代だったとしても
私が不幸であったわけではない

この二行に
なぜかわたしは泣けて仕方がなかった
指の腹で
拭っても拭っても
涙が溢れてわたしを困らせた

けれども
その涙がどこから生まれてきたのかはわからなかった
安っぽい感傷の涙だったのか
独りよがりで自己憐憫のそれだったのか
今でもその涙の生い立ちを
わたしは知らない

水脈

誰のことでもいい
今はもう会えなくなっているひとを思い出して
そのひとの幸せを祈ることができたら
自分の心が少しばかり明るくなる

暗い道にすっと灯りを点すように
誰かの道を照らすひとになりたい
ずっと離れた場所からでも
ずっとあとになってからでもかまわない
どこかで繋がっていると思うから

目には見えないけれど
地下にも川が流れているらしい
泥や小石の層の間を
冷たい地下水が
或はたぎった湯が流れる川があって
分かれたり繋がったりしているのだろうか

ひとの間にも水脈があって
知らず知らずのうちに
同じ川を流れていたりするのかも知れない
辿り着く岸辺も知らないまま
ある時は抜き差しならない深みにはまったり
またある時は激流に身を任せて
我を忘れることもあるのだろう

午後になって雨が止んだ
降り注ぐ陽射しに地面が温められて
土の匂いを含んだ湯気が立ち昇っている
風もないのに浜木綿の葉がかすかにゆれた
どこかで　誰かが
誰かの水脈を探し当てたのかも知れない

Ⅱ　祈り

彼方への祈り

あの日
身構える間もなく
巨大な津波に連れ去られてしまった
大切なあなた
数えきれないたくさんのあなたに
わたしたちはまだ「さようなら」が言えません

あれから何回もの春が巡ってきたのに
あなたは未だ海の底に沈んだままで
時には流されて外洋の波間を漂い続け

或は瓦礫の下の土に埋もれたまま
待っているひとの元に還れないのですね

あなたがいなくなってから
海が少し遠退きました
堤防が高くなったのです
それでも心はあの日のまま
今でもあなたを捜しています

あなたが望む場所に帰れるように
わたしにできることは祈ること
そして明かりを灯すこと
海を照らす灯台のように
あなたの道を照らし続けます

あなたを乗せる箱舟をどこに浮かべればいいですか
教えてください
あなたの居場所を
あなたのいないわたしの生き方を
たったひとりだけの
かけがえのないたくさんのあなた

瓦礫と呼ばれて

昔からすべてのものに名前があった
突然すさまじい波の力で引き倒され　押し流されて
何度も浜辺に叩きつけられたあげく
それらは名前を失った

かつては机と呼ばれ食器と呼ばれランドセルと呼ばれた物たち
或は　柱であったり車であったり壁であったものの欠片
それから　ひとまでも
ああ　あのひと　にはかけがえのない名前があった
なのに　今

名前を呼んでも応えてはくれない

幾日か過ぎて
数か月が経って
年が巡ったけれど
ほとんどのものは積み重ねられたまま
あるものは海の底に沈んで
またあるものは押し出されて対岸に流れ着いた

その時から
瓦礫と呼ばれ
被災者と呼ばれて
ひと括りにされた
名前を流されたものたち

人生案内

なぜ彼女は
未曽有の震災からふた月余りになって
新聞の「人生案内」に投稿したのだろう

大学生の彼女は津波から逃れるために
祖母と一緒に高台をめざしていたという
だが祖母は坂道の途中で歩けなくなってしまった
彼女が祖母を背負おうとしたが
祖母は頑としてその身を彼女の背中に預けようとしない
―あんただけお逃げ

何度も促されて彼女は祖母を置いて逃げた

数日後
上品で美しかった祖母の軀は
捉えられた魚のように体育館に並べられていた

その祖母の姿を見てしまったときから
彼女の胸に巣くって去らない悔恨が
今もなお彼女を苦しめているのだという
なぜあのとき自分だけ逃げてしまったのだろう
自分の裡で堂々巡りしている問いを
彼女は新聞の「人生案内」に相談している
どうすれば良かったのか　と

なぜ彼女は

「人生案内」に相談しなくてはならなかったのだろう
助けてほしい
という彼女の悲痛な叫びを
誰も聴こうとしなかったというのか
なぜ誰も手を差し伸べようとしなかったのだろう

たくさんの彼女が回答《こたえ》を待ちわびている

ことづけ

なぜあの子に　逃げろ　と言ってくれなかったのか
なぜあの子に　家に帰れ　と言ってくれなかったのか
なぜあの子に　家に帰るな　と言ってくれなかったのか
なぜあのときあなたは
あの子の手を離してしまったのか

どうしようもない怒りの矛先を
残された者に向けたのは
死者ではなく
同じように残されたひとたちであった

どれほど理不尽であろうと
どれほど激しく　容赦のない言葉であっても
ただじっと耐えてきいていれば赦されるのだろうか
ずっと生きてゆくことを

地震に耐えて
津波から逃れて
生きる場所を求めて彷徨っていたわたしは
そのあとになってから安楽死させられた牛だ
或は繋がれたまま飢えてこと切れた犬かも知れない

ひとを恨まず　天を恨め
そうことづけてわたしは死んだのだよ
あとに続く者たちに

津波

大笑いしたあとで
眼の端からにじみ出るなみだを
指の腹で拭っている

困るんだよね
箍が緩んじまって

泣く理由《わけ》などないのに
地震のあとの津波みたいに
止めようがない

笑いのあとのなみだ

もしかしたら昔に
哀しいことがあったような
なかったような
思いあぐねているところに
隙をついたように第二波が
これはもう指では拭いきれない

今になって痛むのは
傷口が開いてしまうからなのでしょう
新しい傷や古い傷から
ほら　また
血のようににじみ出るなみだ
地球とふたりで泣いている

黙禱

捧げるものが他にあっただろうか
一心不乱にかき集め
なんとかなりそうなものを見繕ってみても
手にしていたと思っていたものは
いつの間にか指の間からこぼれ落ちて
今はもう　何ひとつ残っちゃいない

だからきょうは黙禱を捧げよう
たくさんのあなたに
捧げるものが何もないから

ただ黙って祈ることしかできないから

どこかですれ違ったかも知れない見知らぬひとに
遠い昔や知らない場所で起こってしまった
悲劇の主人公に
本当はかかわりがあるかもしれないけど
今はまだ気がついていないすべての悲しい出来事に
目を閉じて祈りを捧げよう

Ⅲ　イマジン

迷惑駐車

つい見てしまう
見まい　と思っても
吸い寄せられるように見てしまう
あの男
託児所脇の狭い道路に迷惑駐車をする男

男はさびしくなった髪を乱して車から降りた
くたびれたスーツのポケットは無様に膨らんでいる
後部座席のドアを開けた男は
肩に大きなママバッグをかけて赤ん坊を抱き

片手にもうひとりの子どもの手をひいて
託児所の方へ急ごうとする

子どもは父親の手を振りほどいて座り込む
(ほら　危ないよ)
車が横をすり抜けていく
走り寄ってその子の手をひきたい衝動にかられる
何度も促されてやっと歩き出す子ども
(そっか　君は行きたくないんだね)

この親子を初めて目にしたときは女も一緒だった
子どもふたりを連れた男のずっと後から
他人事のようにゆっくりと歩いていた女は
男が託児所の中に身を入れようとした途端
そこから走って逃げ出そうとした

あわてて追いかけた男に腕を摑まれて
引きずられるように託児所の中に入っていった
細い首の女

それっきり女の姿は見ない
男はいつも迷惑駐車をする
わたしの心の中の道に

おもいで

白衣の裾がベッドに触れると
固く閉じていた患者の瞼が震えて
乾ききった唇がひらいた
　ナ、ツ、カ、シ、イ・・・

囁くような声で一語ずつ絞り出された
　ナ、ツ、カ、シ、イ
　オ、モ、イ、デ、ガ
　ア、リ、マ、ス

なつかしい　おもいでが　あります
医師が両手で患者の手を握り
そのまま繰り返して言うと
患者の瞼がゆっくりとひらいて
虚ろな瞳に光が点った
口元にはかすかな笑みが浮かんでいる

憔悴しきった髭面の男が
壁を背に立ちつくしたまま
母の言葉を待っていた

だが　いつまで待っても
ひらかれたままの唇から
思い出が語られることはなかった

白々しい蛍光灯に照らされた部屋の中から
ひとり残された男のつぶやきが聞こえた
なつかしい　おもいでが　あります
あなたとの

肩が視られない

電車通勤をしている頃
ホームで度々見かける母娘がいた
背中がくの字に曲がった老母の躰は
哀しいほどに痩せて小さかった
その躰を覆い尽くすように背負われた娘
ひと眼でそれとわかる障害のある娘は
ふっくらと肥えた手足を時々バタつかせて
ああ　ああと声をあげてむずかる
その度に疲れた母はよろけて
節くれだった手で娘の尻を打つ

周りの誰もが眼を背けていた
代わりに背負ってあげることができないから
いっそ見なかったことにしたいのだろう
そうしないと自分を保つことができないから

この街のどこにでも
そんな老母がいると気がついたときから
ひとは誰でも悲しみを背負って生きるのだと
思い知ったときから
私はひとの肩をまっすぐに視られない

中くらいの木

心の中に大きな木があれば
どんなに頼もしいことだろう
つまらない思い違いをして心が揺らぐこともないし
小さな段差に躓いて転んでしまうこともないだろう

大きな木に決めていた
大きければ大きいほどいいと思っていた
空の上から丸見えだと気付かずにいたから
張り出した枝の先まで葉を茂らせるには
どれほど多くの水が要るか知らずにいたから

番《つがい》のムクドリが選んだのは庭のハンカチの木
小さくはないが天を突くほど大きくはない
いわば中くらいの木だ
成長点を切られて幹の周りを囲むように
四方八方に枝が出て天然の笊のようになったところに
お誂えむきの巣が出来上がった

中くらいの木の上の巣は
近くの大きな木の枝で雨と直射日光から守られ
足元の小さな木に猫の視線を遮らせて
安全に雛を育てた

心の中に木を植えよう
葉が風にサラサラと鳴る
中くらいのハンカチの木を

栞

自分の息で湿った闇に浸りながら
今まさに眠りに墜ちようとしていたとき
不意に一枚の絵が頭の隅をよぎって
意識は現《うつつ》の世界に呼び戻された
それは届いたばかりの古本の頁に挟まれていた栞

—心ばかりのお礼の気持ちを伝えたくて
—手作りの栞を送らせていただきました

古本の売り主から贈られた栞を

今日の終わりと明日の始まりの場所に
そっと挟んで寝たのを思い出した

ふと　栞の贈り主に思いを馳せた
離れた場所に立つ同じ種類の木に
一斉に花が咲く不思議を想う
見えない力で繋がって刻を伝え合っているのだろうか

人と人も伴走者となって
暗い道を支え合って走ることがあるのかも知れない
今わたしは
見知らぬ伴走者と繋がっているのだろうか
本は閉じられたまま静まりかえっている

新年

マドラーに押されて氷山が動いた
グラスの中でアラスカが回っている
止まらない地球の回転

おめでとう
乾杯
腕を伸ばして静かにグラスを合わせてから
香り高い液体を喉に流し込む
滑り込んできたマッキンレーの頂上が唇に触れる
誰かが立ち上がって日めくりの表紙を破り捨てた

一月一日
まぎれもなく

地球の軸がまっすぐに起き上がってしまうほど
誰もが同じ側に集まった
　いや　めでたい
どうもどうも　去年はどうも
容易く　いとも簡単に
去年を手放して
人々は新年を迎えた

みずうみ

水際にいるわたしの苛立ちを
あなたはけっして見逃さない
それは水面の細波となって
次第に振幅をひろげて
あなたの深みまで届いてしまう

水中メガネをかけて
あなたの深みを探ろうとしたら
水底に揺らぐ藻に足をとられ
舞い上がる砂塵に視界を遮られた

川よりもゆるやかに
海よりも蒼ざめて
あなたはあまりにも広すぎるから
向こう岸まではとても泳ぎきれない
途中であきらめて
地球ごとあなたに溺れた

ある日

バサバサに乾いて角が立った
一日の
段ボール箱のような一日の
粘着テープを剝がして
平たくくずして寝床に入る

一日は箱
外側からは中身が見えない箱
あちこちへこんで痛々しい一日
やたらに緩衝材が詰め込まれている一日

縦長の一日
小さいのに妙に持ち重りのする一日

紙で作られた
一見頑丈そうな箱の中で
火を点けられたらすぐに燃え上がる
怒りをかみ殺している女

うしろ

うしろすがた
うしろ髪　を引かれる
うしろは　いくつかの別れを経験したのか

うしろ傷
うしろ暗い
うしろは　なんだか怪しい

うしろめたい
うしろ指　を指される

うしろの　よくない噂を耳にする

うしろ　は　きのう　に似ている
前がないと存在できない　うしろ
きょうにならないと生まれてこない　きのう
だが　きのう　に未来はない
一夜明けるとおとといになる

腕を廻して手探りで確認する
ちゃんとあるか？　わたしのうしろ
あるある
いつものようにちゃんとある
でも　何かが足りなくて不安だ
誰かわたしのうしろだてになってくれないだろうか

想定外

道を間違える
道に迷う
足を滑らす
尻もちをつく
不意打ちをくらう
霧に捲かれる
強風に煽られる
雪に閉ざされる

大方経験したことばかりだから

身構える前に　笑ってしまう
来たな　と思ったときは
ヘラヘラ笑う自分がいた
確かに
きのうまでは

きょう歯医者さんに言われた
―こりゃまた　ずいぶん奥歯がすり減っているねぇ
―そんなに歯を噛みしめて何を頑張ってるの

せんせー
あいた口が塞がりません

おむすび

大きな釜から
小さなしゃもじでひと掬い
ごはんを掬いとって
掌の中で柔らかくやさしく握った
おむすび　ひとつ
人生はだんだん小さくなります

大きな釜も
米櫃も
果ては米屋の倉庫も

稲が実った田んぼまでもが
みんな若かったころの夢です

今では何をするにも億劫になりました
夢はとうに消え果てて
掌に残っているのは
ちいさなおむすびがひとつ
小皿一枚あればこと足ります

おや　古漬けを添えてくださいますか
それは　それは
人生にいい味と香りがつきましょう

Ⅳ　イン　ピース

自らを抱《いだ》いて

一気に顔を曇らせて「えっ」と叫んで立ち上がるような
そんな哀しいことが一度も起こらなかった休日は
百も二百も嬉しい
そんな日が何日も続くようなら千も二千も嬉しい
夜更けになれば
つつましい寝息を立てて眠る家族の傍らで
犬や猫がほうけたように眠り込んでいる
みんないい一日を過ごせたようだ

どんなに心を騒がせるようなことがあろうと

他人から誹りを受けようと
微笑んで見つめ返してくれる鏡の中の自分
よき理解者であり共犯者でもある
最後のよりどころは自分の裡にある
両手を交差させて自らの肩を抱く

良くも悪くもこれが私の人生なのだろう
水が流れ落ちていくように
いちばん低い場所で生きる
土と共に生きた父のように

日が暮れたらどん底の褥で
繭の中の蚕のように眠る
自らを抱いて

空き箱

子供の頃から空き箱が好きだった
病院で看護師さんにもらった薬の空き箱が
ひとときの遊戯をわたしにくれた

今でも空き箱が好きだ
正確に言うと空き箱を潰すのが好きだ
掌で力いっぱい箱を押すと
紙が破れて　四角に固められていた空気が
一瞬にして飛び出す
そのとき聞こえる小さな爆発音

わたしの幸福もまた
シュッという音を残してどこかへ去ってゆく
家を押しつぶして消えてゆく幸福
あったような　なかったような
あっけない幸福
どんな大きさの家にも
きっちり嵌り　きっちり抜けてゆく
空気のような幸福

わたしはいつでも
空き箱を手に入れることができるから
ぐずぐずと幸福のあとを追ったりなどしない

ひるがお

この行いが見知らぬ誰かのためになるとき
わたしの罪がひとつ赦される
そんなふうに思うとき
絶望の道にも
ひるがおの花のような小さな灯りがともって
静かに足元を照らしてくれる気がする

だから他人《ひと》には言うまい
うっかり口に出してしまったら
花は萎れて

足元はおぼつかなくなってしまうだろう
秘密の花こそ美しい

荒地に踏み迷ったひとの足跡のように
あてどなく伸びた蔓の先に
一輪だけ咲いた　ひるがおの花
風が吹き抜けてゆくとき
くちびるのように動いた

野の花

人はそれを砂の城と呼ぶのかも知れない
ある時は追いつめられて
またある時は幸福感にうかれて
せっせと築くことだけに熱中するあまり
背後に迫った波に気づくことなく
足元を掬われて
一瞬にしてすべてを失う

けれどもそう捨てたものでもない
波が去っていった砂浜に

いくつかの貝殻が散らばっている
その美しさに気づく心がまだ残っているから

構築と崩壊
そして再生
その繰り返しの中で
変わらずにひっそりと咲く野の花に
わたしは寄り添って生きよう

引きずられて

植えた覚えのない矢車草の花が庭の隅に咲いた
風のいたずらか　鳥の落としものか
遠くから運ばれた種が芽吹いたものらしい

たった一本ながら大きく育って
空色の紙細工のような花を咲かせて
わたしの心を同じ色に染めた
やがてたくさんの種を付けた矢車草を引き抜いて
近くの土手を引きずって歩いた
矢車草の望みは訊かなかったけれど

もう一度違う場所に花を咲かせて
ささやかな幸福の種を落としてほしい
そんなふうに思いながら

ひともまた何かに引きずられて
新しい土地に種を落としたりするのだろう
華やかな時を過ぎたあとに
最後の贈り物を残していくのだろう
何かに引きずられて
その場所を離れていくのだろう

花の墓標

墓を作った
庭の隅に深い穴を掘り
新しい土をふんわりと敷いた上に
花の球根を植える手つきを真似て
死んだ犬の骨を埋めた

けれど　その柔らかい土の上を重い墓石で塞ぐことなど
どうしてこの手でできよう
骨の上の土には赤い芥子の苗を植えて
墓石はその後に据えた

汗ばんだ首筋や額に晴れ晴れとした風を感じたとき
死んだ犬が立ち上がって
すっとわたしの深みに入ってきた
嬉しそうに尾を振っている

だからその隣にもうひとつ花の咲く墓を作ろう
果てしなく深い穴の中に柔らかな土を入れて
離れて行ったひとの面影を埋める
風に吹かれながらのんびりと風化を待つ間に
そのひとはゆっくりと色褪せていった
もう二度とその土を掻きまわしたりはしないだろう

何も書かれていない墓標の前に
来年はヒマラヤの青い芥子の花が咲く

残雪

地面におちた影が日々短くなってゆく
春を心待ちにしながら
輪郭があいまいになってきた躰や心のことを想う
わたしも少しずつ溶けはじめているのだろうか

人間《ひと》が立ち入らないような深い谷の底で
萌え始めた草に持ち上げられた名残の雪が
ゆっくりと木漏れ日に融かされていく
わたしの心がそうであったように

ひとサジ程のぬくもりも持たない雪が
太陽に温められて
始めからなかったかのように消えてゆく
わたしもいつかそんなふうに消えてゆくのだ

不純なものは霧となって昇華され
純粋な一滴だけが若草を育む糧になるだろう
終わりのとき清らかな水のバトンを落としていく

埋《うず》み火《び》

大切なことは
余白に訊く

文字に書かれなかった言葉
描かれていない輪郭の外の世界に
真実が見え隠れしている

人と人とは
沈黙と距離で余白をつくる

花の余白は風ばかり
ただ通り抜けてゆく風ばかり
風の余白はあけっぴろげな青い空

心の余白は
埋み火の在り処
命が尽きる時まで消えない想いが密かに燃えている
その熾《お》きこそが
真の自分なのだと思うことさえある
地熱でじわじわ溶ける悲しみもあっていい

うたかた

さりとて
その嵩を比べれば
流した涙よりも笑い声の方が
少しばかり勝っているから
文句なしとしよう

記憶の底には
幾重にも重なった山並みの
その向こうの空ばかりを見上げている
幼い頃の私がいる

けれどもいつの頃からか
山並みを背に立つようになった
ただやみくもに離れたかった土地であっても
魂だけは最後に回帰を願うものなのか

心まで濡らした水も
四肢をすり抜けていった風も
再び戻ってはこない
時をおかずに弾けてしまうシャボン玉のように
すべては時代の風に煽られて
手の届かないところへ逃げてゆく

掌を返して節くれ立った指を見ながら
自分のため息を聴く

安眠列車

電車が入ってまいります
専用車両にはどなたもご乗車になれません
黄色い線の内側にお下がりください

黄色い線は寝室の前の廊下に
もう少しだけ許されるなら
塀の外側に引いてください
ずっとでなくていいのです
わたしを乗せた眠りの電車が発車するまで
黄色い線から出ないでください

何の苦痛もないこの静かな夜に
このまま浸っていたいのです
いつもの喧騒の朝がくるまで

不安や痛みや諍いなど
あらゆる苦悩よ
今は来ないでください
しばらく黄色い線の内側で鎮まっていてください
この幸福な眠りからわたしが目覚めるまで

結界

初めてこの家を訪れたひとは
少なからず戸惑いを感じるようだ
皆　申し合わせたように同じ言葉を口にする
―玄関への入口がわからなくて焦りました

薄々気づいてはいた
それはアプローチに植えたツルバラのせいに違いないと
この家は他人《ひと》の侵入を拒んでいるようだ

ただ始めからこうだったわけではない

内側からドアを開けると塀を押し広げるように
道路に向かって逆八の字の形に空間が広がり
真ん中に丸く設えられた植え込みが
入口をふたつに分けていた
株立ちのヤマボウシの根元や塀際には
青々とした苔がこんもりと茂って
ひんやりとした風が訪うひとをもてなしていた

だが苔はこの地が気に入らなかったらしく
ほどなくして枯れ果てた
その場所にアーチを立ててツルバラを植えると
バラは瞬く間に蔓を伸ばし
時を置かずに家は蔓に絡めとられそうになっていった
冬場はアーチから外れた枝が雪の重みで垂れ下がり
雪解けまでは腰を屈めて通り抜けするはめになった

自ら孤立を好み　暗く閉ざされた家
傍からはそんなふうにみえるかも知れない
ところがそこには普通に暮らす家族がいて
笑い声や安らかな寝息をたてたりする
つかの間の幸福に家中が包まれることもある
住まう者の小さな安息を護るために
ツルバラが結界を張ってくれているのだろう

浄玻璃の鏡

その時になって
浄玻璃の鏡の前に立たされたわたしは
うろたえて眼をそらすのだろうか
それとも開き直って薄笑いを浮かべたりするのだろうか

否　わたしは死んでしまったのだ
命を絶たれ　名前を消されて
肉体を燃やし尽くされたあとに
人として何が残るのだろう

わたしは花になる
一輪の花となって
浄玻璃の鏡に映し出される希いをかけて
美しく生まれ変わりたい

慎ましく穏やかに生きて
凛とした
終わりの花を咲かせる

獺祭（あとがきに代えて）

ペンを置く
これでよし　すべて終わった

気がつくといつものようにベッドに転がっている
読みかけの本があちこちに散乱して手がつけられない
開いたままの本の隙間からチラチラ見えているのは
あれはわたしの下着だろうか
脱いだ覚えなどないのだが
おお　もしかして
脱皮したのだろうか　わたしは

今の気分は　獺祭
同じ銘の酒があるという
純米大吟醸　二割三分
辛口でのど越しよく　キレがいいところが

ひとを引きつけ　やみつきにするのだとか
あやかりたいものだ
ともあれ　この詩集をもって
我が「うそまつり」は幕とする

一冊の本が出来上がるまでいったい何人の手を借りねばならないのかわからないが、手掛けた瞬間からたくさんの人の手を借りることは間違いない。

当然のことのように、今回も原稿のチェック等、いろいろと中原道夫先生に甘えてお骨折りをいただいた。

毎度のことながら、当分の間は所沢方面には足を向けて寝られない。

また、土曜美術社出版販売の高木社主には前回の出版に続いてまたお世話をかけてしまった。謹んでお礼を申し上げたい。

本詩集に載せた作品は、平成十四年頃から詩誌「漪」、日本詩人クラブのアンソロジー『現代詩選集』、詩と思想のアンソロジー『詩と思想　詩人集』等に寄稿した作品を大幅に改稿した。

肌勢とみ子

著者略歴
肌勢とみ子（はだせ・とみこ）

1952年　宮崎県小林市生まれ

既刊詩集『そぞろ心』『パセリの花』他4冊

所属団体　日本ペンクラブ　日本詩人クラブ　会員
詩誌「漪」同人

詩集　浄玻璃《じょうはり》の鏡《かがみ》

発行　二〇一九年十一月三十日

著者　肌勢とみ子
装丁　高島鯉水子
発行者　高木祐子
発行所　土曜美術社出版販売
〒162-0813　東京都新宿区東五軒町三―一〇
電話　〇三―五二二九―〇七三〇
FAX　〇三―五二二九―〇七三二
振替　〇〇一六〇―九―七五六九〇九
印刷・製本　モリモト印刷
ISBN978-4-8120-2531-4　C0092